La niña y el monstruo

Escrito por **NEIL IRANI** Ilustraciones de **PARK YUN**

editorial juventud
Barcelona

Érase una vez una niña.
Era bonita, pero cuando se miraba al espejo,
no se veía reflejada como era.

Ella veía... un monstruo.

Debido a la manera en que se veía en el espejo,
nunca iba a las fiestas.

Nunca invitaba a ningún amigo a su casa,
y nunca iba a nadar ni a bailar ni a jugar al parque.

En el colegio siempre llevaba un gran sombrero
para esconderse debajo de él.

A todo el mundo le parecía una niña muy normal.

Solo la niña veía el monstruo en el espejo.

Un día, de regreso a su casa desde
el colegio, estalló una tormenta
y empezó a llover.

El viento soplaba con tanta fuerza que
le arrancó el sombrero, y este voló
hasta quedar colgado de una rama.

Como no quería que los demás niños la vieran,
echó a correr hacia el bosque.

Pero se alejó demasiado y se perdió.

Llovía con fuerza, y como había perdido
el sombrero, se refugió debajo de un árbol
para resguardarse de la lluvia.

Estaba sola en medio del bosque, y se echó a llorar.

Llovía a cántaros y las lágrimas caían
de sus mejillas como la lluvia del cielo.

Se sentía perdida y sola, pero de repente
oyó unos pasos detrás del árbol.

Y luego oyó una voz...

–¿Te has perdido? –preguntó la voz.

La niña estaba asustada y no quería que aquel niño la viera, porque seguía creyendo que parecía un monstruo.

El niño le preguntó:
–¿Te encuentras bien?
Pero la niña no respondió.

El niño insistió:
–No llores. ¿Puedo ayudarte?

–No me mires –exclamó la niña–.
¡Soy un monstruo!

Pero el niño no la entendió.

La niña apartó las manos de la cara y lo miró.

El niño le devolvió la mirada y sonrió al descubrir aquel rostro tan agradable, pero la niña no sonrió.

El niño reflexionó un momento y dijo:
–Me parece que tú... –Pero no sabía qué decir exactamente–. Tú estás en mi clase y siempre llevas aquel sombrero tan grande, ¿verdad?

–Sí, pero el viento se ha llevado mi sombrero –respondió la niña.

–Compartiremos mi paraguas –propuso el niño–. Vamos, buscaremos juntos un camino para salir del bosque.

La niña sonrió y se sintió contenta por primera
vez en mucho tiempo.

El niño compartió el paraguas con ella
y juntos caminaron por el sendero del bosque.

Mientras caminaban empezaron a hablar sobre
el bosque y sobre lo bien que olía cuando llovía.

La niña se sentía feliz hablando de cosas
sencillas como la lluvia.

Consiguieron salir del bosque y llegar hasta
la casa de la niña.

–Nos vemos mañana en el colegio –dijo el niño.

–Sí –dijo la niña–. Hasta mañana.

La niña lo había pasado muy bien en el camino
de regreso a casa y estaba contenta porque
ya casi había dejado de llover.

Pero antes de que pudiera decir nada,
el niño se había ido corriendo hacia su casa.

A la mañana siguiente, al despertar,
la niña se sentía mucho mejor.

Se levantó de la cama, se cepilló los dientes,
se lavó la cara y se vistió para ir al colegio.

Entonces se miró al espejo.

Y en lugar del monstruo, se vio a sí misma
tal como era, una niña alegre y bonita.

Título original: THE GOBLIN AND THE GIRL
© del texto y de la idea: Neil Irani, 2010
© de las ilustraciones: Park Yun, 2010

Publicado originalmente en inglés por Smallfish Books en 2010

© EDITORIAL JUVENTUD, S. A., 2012
Provença, 101 - 08029 Barcelona
info@editorialjuventud.es
www.editorialjuventud.es

Traducción de María Lucchetti
Primera edición, 2012
DL B 10884-2012
ISBN 978-84-261-3920-7
Núm. de edición de E. J.: 12.494

Printed in Spain
BIGSA, Polígon Industrial Congost - 08403 Granollers